ISBN 978-2-211-20528-3
Première édition dans la collection *lutin poche* : mai 2011
© 2009, l'école des loisirs, Paris
Loi numéro 49 956 du 16 juillet 1949 sur les publications
destinées à la jeunesse : septembre 2009
Dépôt légal : mai 2013
Imprimé en France par Clerc à Saint-Amand-Montrond

Isabelle Bonameau

Au lit, les affreux!

lutin poche de l'école des loisirs
11, rue de Sèvres, Paris 6e

C'est l'heure du coucher.
« Bonne nuit, Zélie, il faut dormir maintenant », dit maman.
« Maman, j'ai peur des monstres », répond Zélie.
« Ne t'inquiète pas, Sufi, ton petit chat, veille sur toi. »

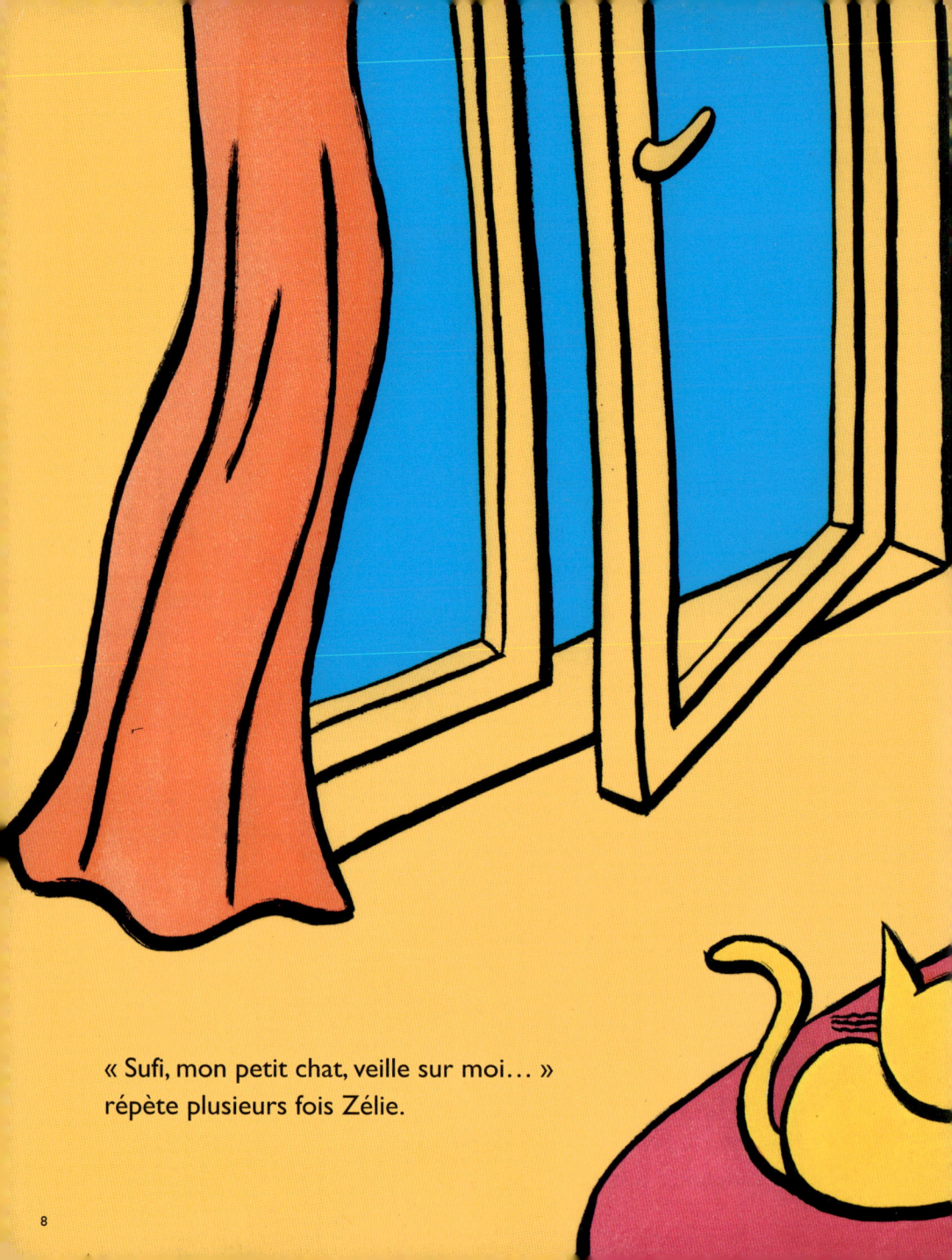
« Sufi, mon petit chat, veille sur moi… »
répète plusieurs fois Zélie.

Et le lit se met en route.

Il se pose à l'orée du bois.
« On y va, Sufi ! » dit Zélie.
« Miaou », fait le chat.

Zélie chante :
« Promenons-nous dans les bois…
Tralalalalalala…
Y a-t-il quelqu'un caché par ici ?
… ou par là ? »

Ouille, ouille, ouille, la Sorcière !

« Allez, la Sorcière,
à la queue leu leu ! »
dit Zélie.

« Promenons-nous dans les bois… Tralalalalalala…
Y a-t-il quelqu'un caché par ici ?… ou par là ? »

Aïe, aïe, aïe, c'est l'Ogre !

« Sufi ! »
dit Zélie.

« Allez, l'Ogre, à la queue leu leu ! »

« Promenons-nous dans les bois… Tralalalalalala…
Y a-t-il quelqu'un caché par ici ?… ou par là ? »

Malheur de malheur, le Grand Méchant Loup !

« Et maintenant… pyjama pour tout le monde. »
« Hop ! » fait le chat.

« Au lit, les affreux ! »

« Ça y est, ils dorment, on peut rentrer », dit Zélie.

« Bonne nuit, Sufi. »
« Bonne nuit, Zélie », dit le chat.